KB274598

햇살무리

햇살무리

초판 1쇄 | 2004년 4월 26일
지은이 | 설희관
펴낸이 | 김영재
펴낸곳 | 책만드는집

주소 | 서울 마포구 합정동 428-49 4층 (121-886)
전화 | 3142-1585·6
팩시밀리 | 336-8908
E-mail | chaekjip@chol.com
등록 | 1994. 1. 13. 제10-927호
ⓒ 설희관, 2004

잘못된 책은 구입하신 서점에서 바꾸어 드립니다.
지은이와의 협의하에 인지는 부착하지 않습니다.
이 시집은 한국문화예술진흥원의 문예진흥기금을 지원받아 출간되었습니다.

ISBN 89·7944·195·9 (03810)

설희관 시집

햇살무리

책만드는집

시인의 말

다섯 해 전 늦깎이로 등단한 뒤
이제야 내 '영혼의 집'을 지었습니다

이 집에서
시집만을 유산으로 남겨주신 얼굴조차 모르는 아버지,
봄 되면 더욱 서럽게 그리운 불쌍한 어머니 모시고
'하늘 편지'를 읽어드리고 싶습니다

이 '영혼의 집'은
고생만 시킨 아내에게 바치는 사랑의 꽃다발이요
아들 형제에게 들려주고 싶은 아비의 노래입니다

그리고 이 집은
소중한 인연으로 만난 모든 분들과 나누고 싶은
한 마리 나이배기 '연어'의 담담한 인생 이야기입니다

시의 길을 가르쳐주신 이성부, 정진규 시인과
집을 지어주신 〈책만드는집〉 김영재 대표께 감사드립니다

—2004년 봄

설희관

차례

시인의 말 · 11

1

3

4

1

목련이 피면

햇살무리

오늘 아침 오른쪽 창 넘어와
자리 펴고 앉아 함께 놀자던
걸음 빨라진 가을 햇살무리
지금은 인왕산 허리에서 노을 되어
광화문 내려다보며 산을 오른다

나는 이렇게 늙어가는데도
아침이면 놀러오는 햇살무리는
어릴 때 손거울 드나들면서
장독대 앞마당에서 나하고 놀던
바로 그 친구들로 변함이 없다

햇살무리 속을 한참 들여다보면
가을 운동회날 만국기가 펄럭이고
참기름 팔러 가시던 어머니도 보인다

우리는 오늘도 아침 햇살로 만나
내일을 약속하며 노을로 헤어진다

어머니 어머니

어머니 당신이 그리우면
제 손등의 핏줄을 봅니다
굽이굽이 강 같기도 하고
동서로 뻗어난 산줄기 같은
어머니가 만들어주신
핏줄을 보며 당신을 생각합니다

평생 고생으로 영면의 세월이
오히려 편안하실 어머니
8월 폭우 후 마석 모란공원
당신의 유택이 걱정됩니다

어느 해 장마 끝난 오후
충신동 집 지붕 올라가
기왓장에 진흙 넣던 저 보고
조바심하시던 어머니
큰비 뒤 아직 찾아뵙지 못한

불효자식을 용서하소서

보약 같은 말씀 듣기 싫어하면
내 나이 되어 자식 두어보라던 당신
두 아들 키우면서 깊이 뉘우칩니다
어머니 어머니 곧 달려가겠습니다

63년 전 사진

사촌 누이네 앨범 속에서
63년 긴 세월 묻혀 지내던
부모님 결혼 기념사진 한 장
아침저녁 나를 물끄러미 본다
환갑 위아래 두 형과 할머니 된 누이
어떻게 사느냐고 묻기라도 하듯

동그란 테 안경, 넥타이에 조끼
양복 차림의 신랑은 듬직하고
한복 옷고름 아래 두 손 모은
신부의 고운 얼굴 아직 뽀얗다

뒷장에는 아버지가 이렇게 써놓았네
지금도 선명한 푸른색 잉크 글씨로
"누님께 드립니다. 1935년 5월 19일"
63년 전 이 사진 보면 기쁘고 슬프고
두 분이 가여워 눈물이 난다

내가 네 살 때 북으로 가출한 아버지
한평생 얼굴에 화장 한번 안 하시다
21년 전 불쌍하게 돌아가신 내 어머니

나는 말씀드린다. 사진 속 아버지에게
하늘나라에서 뒤늦게 어머니 만나셨으면
앞으론 절대 혼자 훌쩍 가출 마시라고
우리 4남매 두 분 찾아뵐 때까지

－1998년 발표

어머니

새벽녘 뭉게구름 불 꿈을 꾼 뒤
잿빛 하늘 이고 달려간 천안 땅
외삼촌은 거기에 아기로 계셨습니다

78년 세월이 쌓인 화평한 얼굴에서
하늘나라의 당신을 만났습니다
그분의 촉촉한 눈빛은 명천 고향 하늘로
피난처 부산 동대신동 384번지 누이 집으로
행복한 시간 여행을 떠나셨지요
아버지의 시집을 보고 싶으시다면서

아! 이 봄이 다 가기 전에 *「제신의 분노」라도 들고
찬송가와 성경 테이프를 들으면서
다시 외삼촌 아니 어머니를 만나러 가겠습니다

숨 거두시기 전까지 제 걱정하시던 당신
다시 돌아오지 못할 먼길 떠나시면서도

방바닥이 차니 방석 깔고 앉으라시던 어머니

올해도 연등이 하늘에서 내려와 피었습니다
개종한 불효를 용서하소서

당신의 아들을 살리신 하나님의 사랑이
바로 어머니의 마음인 것을
신앙의 걸음마 속에서 뒤늦게 알게 됩니다

*필자의 선친이 생전에 남긴 시집의 제목.

목련이 피면

목련꽃 저토록 우윳빛으로 피면
봄하늘 높이높이 어머니 보인다
손자 보고 싶어 동네 아기 업어주시던
외대 앞 셋집의 어머니 그리워라

내일은 아비보다 더 큰 정기, 민기에게
팬지꽃 들려 모란공원 성묘 가는 날

목련꽃 새벽 공기에 떨기 곧추세우면
마음속 깊이깊이 어머니 생각난다
목련꽃과 함께 오는 화사한 봄날
어머니 사무치게 그리워 어떻게 하나

올해도 사월 초파일 조계사 앞길에는
알록달록 연등이 줄지어 피어나겠지

어머니 죄송합니다

얼마 전 어린이날 5월 5일은
돌아가신 어머니 25주기 제삿날
밤늦게까지 사는 얘기 안주 삼아
술 마시던 형과 누이와 나는
노래방 기계로 노래도 불렀습니다

눈감으신 그날 새벽
꺼이꺼이 울던 우리 삼 남매
어느덧 할머니 할아버지 되어
박수 치며 번갈아 노래 부른 불효의 밤

살아계시면 미수(米壽)인 우리 어머니
제사상 물리시고 얼마나 놀라셨을까
그래서 이민 간 큰형한테 야단맞을지 몰라요

아버지

이데올로기의 홍수 속에
모습도 남기지 않은 채 휩쓸려간 사람
그래서 나는 그의 얼굴을 모른다
옆모습 뒷모습도 허망하다
목소리는 어땠나 키는 몇 척이었나
도무지 도무지 알 수가 없다
30대 청년의 정면 사진 한 장이
한평생 영정으로 남은 사람이여

휭 하니 떠난 발길 영겁으로 이어져
아들보다 어린 마흔하나에
세상에서 밀려난 불쌍한 시인
이제는 바람결에 춘천 길로 달려와
모란공원 어머니 곁에 누우셨을까
포르말린에 절인 나비처럼
시집 속에 화석으로 남아 있는 나의 아버지

내일은 붉은 잉크 들고 종로구청 찾아가
가출 노인 이제사 돌아오셨다고 신고해야지
얼굴도 모르고 목소리도 들은 적 없는 그 아버지가
이제사 돌아가셨다고 바른말 해야지

누구나 그렇겠지만

누구나 그렇겠지만
주민등록등본 주소란 보면
어머니의 생전 고생
소달구지 타고 고개 넘는다

명륜동 1가에서 삼선교로
다시 명륜동 2가 초가로

여대생 누이 부끄러워
찌그러진 문 슬며시 열고
행인 없을 때 뛰어 등교하던
도심 속 3층집 아래 그 초가에
가정 방문 오신 담임 선생님
머리 쓰다듬어 주셨다

내 나이 지금 절반 때 살던
충신동 14번지 한옥 골목길에는

집달리에 내몰리던 치맛자락 환영(幻影)
파도처럼 자꾸만 밀려와 쌓여간다

이문동 외대 앞 고갯길 셋방
부엌도 없는 그 쪽방에서
다리 뻗으면 머리 닿은 그 방에서
한겨울 어머니 속병 앓으실 때
나는 한가로이 철이 없었다

주민등록등본 주소란에는
어머니가 보여 눈물이 난다
누구나 그렇겠지만 나에겐
어머니를 떠올리게 하는 것들이
주민등록등본 말고도 많다
연탄 집게, 초겨울 홍시, 김장 김치……

초파일 사모곡

엊그제 5월 5일 어린이날은
돌아가신 어머니 제삿날

오늘은 사월 초파일 부처님 오신 날
거리마다 걸려 있는 색색의 연등
어젯밤 내린 비에 얼굴 맑게 씻고
햇살과 바람 위에 곱게 떠 있습니다

어린이날에 가신 우리 어머니
그날 다시 어디엔가 아기로 태어나
복 받은 집안서 사랑 듬뿍 받으신다고
부처님 골수 팬인 내 누이는 믿습니다

오늘은 사월 초파일이자 어버이날
부처님이 어버이들과 함께 오신 날
한평생 부처님 의지하신 내 어머니
당신이 오늘따라 더욱 그립습니다

밤 되어 저 수많은 연등에 불 들어오면
나는 어머니를 기다리는 어린이가 됩니다
나는 어머니가 보고 싶어 아기가 됩니다

하늘 편지

어머니 가신 지 벌써 24년
부처님은 해마다 초파일에 오시고
어머니는 올해도 어린이날에 오시고
알록달록 내걸린 연등에 불이 켜지면
보리보살 내 어머니 생각에 마음이 저려
쉰다섯 살 이 아들 하늘 쳐다봅니다

어머니, 올해 봄빛은 유난히 화사합니다
꿈길에 몇 번 오셨던 제가 사는 아파트
보라색 라일락꽃이 줄지어 피어 한창입니다
오늘도 저는 그 꽃향기 그윽이 맡으며
언젠가 입으셨던 한복 저고리를 생각합니다
보라색과 흰색이 반씩 어깨동무한 나무도 있어요
보라 꽃은 어머니, 흰 꽃은 아버지의 영혼 아닐까
생각하는 순간 가슴에서 뭉클하는 소리 들렸습니다

어머니, 2월에 돌아가신 외삼촌 만나셨나요

전쟁 후 받은 금성화랑 무공 훈장 앞세워
지금은 국립묘지에 편안히 계신 외삼촌이
가족에게 이렇게 기막힌 유언을 남기셨지요
"화장으로 보내 주시오. 골회는 인수하지 말고
화장장 인부들에게 적당히 처리하라고 하시오
나는 연기가 되어서 고향으로 갈 것이니까"

어머니, 미국 이민 간 큰 형님도 잘 있습니다
로스앤젤레스 공원묘지에서 꽃집 하면서
얼마 전에는 윤숙이가 딸 낳아 할아버지 됐어요
환갑 지낸 누이는 영화배우 된 석이가 아버지 되고
막내딸 성은이도 며칠 전 엄마 되어 손이 모자랍니다
작은 형도 은이가 낳은 손자 사랑이 끔찍하답니다

어머니 가신 뒤 태어난 저의 아들 정기는
포천에서 내일 모레 상병 되고요, 막내 민기는
대학에서 아이스하키 선수가 되었습니다

어머니 산소에 손자 손녀 증손자 증손녀
이름 다 쓰려면 석수 아저씨 손 아프겠네요

어머니 가신 지 어느덧 24년
부처님 오신 사월 초파일도 돌아오고
어머니 돌아가신 어린이날도 돌아오니
거리 밝히는 연등과 보랏빛 라일락 향기에
어머니, 당신이 너무나 그립습니다

오늘 같은 날 굴젓을 들고 팔순 노모 누워 계신
병원으로 문안 드리러 가는 제 친구가 부럽습니다
6개월 정도밖에 더 못 사신다는 어머니 찾아가
휠체어 밀어드리며 가는 세월 붙잡고 싶어할
그 친구가 너무나 부럽습니다 어머니!

-2001년 4월 25일 발표

석양 무렵

해와 달이 하늘자리 바꿔 앉는 석양 무렵
여섯 살 그때나 지금이나
내 별에서는 썰물이 시작된다

동무들 손 털고 가버린 텅 빈 마당
절에서 돌아오는 엄마 고무신 소리 찾아
땅에 귀 가져다대면 송도 해변가에 해 떨어졌다

낮과 밤이 해와 달 주고받아 엇갈리는 석양에는
지금도 까닭 모를 외로움이 목까지 차올라
까까머리 소년 시절이 저만치서 달려온다
"희관아, 희관아 해 떨어진다" 하면서
해질녘이 너무너무 좋은 어린 왕자는
어느 날 마흔네 번의 해짐을 보았다는데……

봄은 징벌

라일락 보랏빛
어머니 저고리 색깔
밀려드는 향은 그리움

성묘길 그분 발밑
심어놓은 철쭉 한 그루
오늘도 활짝 꽃핀다

초파일 연등 내걸리면
마음속 사모(思母)의 등(燈) 달고
불효를 뉘우친다

올봄은 라일락 천지
어머니 저고리 생각
쌓이는 보랏빛 그리움

불효 뉘우치는 봄은

누가 증인 좀 서주세요

아버지를 제 손으로 서울 종로구 효자동 3번지
호적에서 지워야 하니 누가 증인 좀 서주세요
가슴 아프더라도 벌써 해드려야 했습니다
지금이라도 이 세상 연줄 끊어드리지 않으면
하늘나라 영혼 이력서에 흠이 될지 몰라요
마흔하나에, 그것도 강제로 돌아가셨다는
1912년 임자생 우리 아버지
호적을 그대로 놔둘 수도 없어요
이십 년 후엔 110세 최고령자 되어
신문사에서 찾으러 올 테니까요

그래서 종로구청 호적계에 갔었습니다
전쟁 때 북으로 올라가 돌아가셨다는
기록만 있다고 하자 담당자 하는 말
법원의 부재자 선고 확정 심판 받아오든지
증인 두 명 세워 사망증명서 내라더군요
패륜아 같아 법원에는 가기 싫어

"

이렇게 증인을 구하는 중입니다

그런데 북한에 가서 증인을 구할 수도 없고
그렇다고 손 놓고 있을 수도 없어 걱정입니다
아버지를 호적에서 지워야 하는 사연 들으셨으면
누가 사망증명서에 증인 좀 서주세요
찾다가 찾다가 안 되면 이렇게라도 해야겠습니다
해와 달, 하늘과 땅에게 증인 좀 서달라고 부탁할 수
밖에요

그래야 또 같이 살지

아내 없는 집은 초겨울의 바닷가
"된장찌개 따뜻하게 데워드시고, 김은 김통에……"
밥상머리에 써놓은 메모가 마음을 후벼 짠해진다
옷 벗다가 냉장고 열고
앉았다 일어섰다 이 방 저 방으로
나는 균형 잃은 배처럼 주정꾼처럼
자꾸만 자꾸만 휘청거린다

대문 앞에서 엄마 기다리는 아이같이
베란다에 목 내밀고 아내를 기다린다
아! 저기 오네 서둘러 오고 있네
얼른 나가 안아줘야지

나와 두 아들 하늘과 땅 삼아
곤히 잠든 아내 살며시 깨워
신혼여행을 다시 떠나고 싶다
예루살렘을 순례하고 싶다

나이 들수록 사랑스럽고 정겨운 아내
그래서 벗어놓은 꽃무늬 슬리퍼만 보아도
색 바랜 잠옷을 보아도 마음이 짠해진다

내일부턴 두 배로 열 배로 사랑해서
먼 그날 하나님 부르시는 날
아내 손잡고 달려가야지
그래야 남은 그리움 덜하지
그래야 우리는 또 같이 살지

아귀찜 사랑

목감기에 며칠째 시들시들한 집사람
입맛 돋워주러 간 아귀찜 집에서
나도 모르게 기특한 나를 보았습니다

먹음직스런 아귀찜 토막 몇 개를
식지 말라고 콩나물로 슬쩍 덮어 숨겨뒀다가
눈치 봐서 얼른 꺼내 마누라 앞에 놓았답니다

터지면 속에서 뜨거운 물 나오는 미더덕도
요리조리 찾아서는 억지로 먹이려고 애썼지요
미더덕 뜨거운 물에 마누라 목감기 확 날아가라고

그 옛날 나 아플 때 이불 자락 덮어주던
마누라 위해 나는 오늘 '아귀찜 사랑'을 했습니다

그래도 아귀찜 먹으면서 남몰래 한 사랑이

“집사람이 아파요” 하면서 텔레비전에 나와
감기약 선전하는 탤런트보다 낫지 않아요?

약수

땡볕이 고개 넘는 대모산 길
산자락 구석구석 들꽃 정물화
그 빛깔 눈물겹도록 아름답다
땅속 어떤 힘이 물감을 풀 듯
저토록 샛노랗고 빨갛게 그려놓았나

한가로운 절 아래 시원한 약수
페트병 다섯 개에 가득 눌러 담아
배낭 둘러맨 마누라는 산처녀

아파트 옆에 문 연 평양 옥류관 들러
북한 땅에서 자란 메밀로 만들었다는
냉면 먹으며 떠오르는 아버지 생각

나의 아버지도 그 옛날 북한에서
맛난 음식 드시면서 우리 생각했을까

집에 가져온 약수 다섯 통 보며
생수 많아 좋다고 흐뭇해하자
동그랗게 웃으며 쳐다보는 마누라
나를 유치원 다녀온 어린애 보듯 한다

조금 뒤 아홉 시 뉴스 아나운서
강남 부자촌 어느 집에서 자그마치
2억 몇천만 원 털렸다고 흥분한다

들숨과 날숨

사랑하는 이여
나 그대에게 팔베개 내줘

그대 숨 들이쉴 때
나도 깊은 들숨을 쉬고

그대 숨 내쉴 때
나도 같이 날숨을 쉬며

사랑하는 이여
나 그렇게 사랑하며 살다가
인생 노을 끝나 하늘 갈 때
내 품에서 팔베개한 그대와
같이 그렇게 가고 싶어요

2

안개꽃 사랑

공기놀이

대모산 약수터 벤치에서
조그만 자갈 다섯 개 골라
마누라와 공기놀이를 한다
손등 위에 돌을 한군데 모아
허공에서 낚아채는 즐거움

공기놀이 정말 얼마만인가
돌멩이가 장난감이던 시절
그때는 손안에 잡히는 돌만큼
햇수를 보탬이 당연했어라

그러나 약수터 공기놀이는
세월 꺾을수록 젊게 해준다
그래서 우리 한참 놀다 보니
내 이마 주름살도 펴지고
가슴속 샘물에선 약수 솟는다

대모산 흙층계 내려오면서
주머니 속 공깃돌을 만져본다

난초

장마 시작된 아침
창밖 빗소리 목말라
난초, 그 마른 흙에
물 주며 물어본다

어느 산비탈서 태어나
한 줌 흙과 여기 왔느냐
생명의 폭죽, 팔 벌린 자태
너의 고향이 궁금하다

장마 시작된 아침
목마른 난초 거리로 나가
분수 같은 몸에 물 맞고 싶다
난초의 목마름, 생명의 피돌기

꿀과 젖이 흐른다던 땅
사람이 물만 먹다 시들어가는

거기가 혹시 네 고향 아닌가

내 목에 밥 한 술 넘길 때
굶주린 땅 그곳을 생각하자
내 목에 술 한잔 넘어갈 때
뼈만 남은 퀭한 눈 떠올리자

장마 시작된 아침
난초에 물 주고 눈감는다

난초의 땀

창가 난초에 물 주고 나서
하루 지난 지금 우연히 보니
두 줄기 꽃대의 꽃망울 밑마다
떨어질 듯 맺혀 반짝이는 이슬

오랜만의 해갈이라도 그렇지
어떻게 아직 물방울 남아 있을까
그러나 가까이 보니 이게 웬일인가
맺혀 있는 것은 어제 준 물이 아니라
놀랍게도 이슬 땀이요 진액이었다

망울 터뜨려 꽃을 피우기 위해
멀리 가는 향기도 만들기 위해
난초는 하루 종일 땀 흘리고 있다

벌써 꽃망울은 반쯤 커튼을 열고
아기의 앞니가 뾰족하게 올라오듯

모양과 색이 잣을 닮은 난초꽃 몸을
한쪽만 살짝 수줍게 보여주고 있다

나팔꽃

삭막한 아파트 화단 나팔꽃이 등산한다
담 대신 이층 높이 키 큰 나무 위로
밤사이 조금씩 조금씩 걸어 올라가
동트는 새벽 나무 산에서 나팔을 분다

나팔꽃에게 등산길 가르쳐준 이는
서울 딸네 집이 갑갑한 할머니 아니면
나팔 소리 들을 수 있는 동네 꼬마일 거야

할머니는 선산 앞 옛 고향집이 그리워
나팔꽃에게 등산길 살뜰히 가르쳐주고
아이는 아침이면 저만치 꽃줄기 신기해
산등성이 헤쳐 오르는 길잡이 되었을 거야

할머니는 나무 꼭대기 나팔꽃 보면서
두고 온 고향 정든 오솔길 따라서 걷고
꼬마는 나팔꽃에게 날개 하나 달아주어

하늘로 춤추며 올라가는 꿈꾸고 있겠지

아파트 앞 나무 등 타고 나팔꽃이 등산한다
할머니와 꼬마 친구가 가르쳐준 길을 걸어서

밤매미

낮과 밤이 뒤바뀐 갓난아기
한밤중 방긋방긋 웃으며 놀 듯
복더위 아파트촌의 매미 떼
잠 못 이루어 불 켜진 창 보고
낮인 줄 아는지 맴맴 맴맴 매……
짝 찾아 세레나데를 부른다

오늘 새벽 창문 앞에 찾아와
쓰와 쓰와 쏴…… 나 깨운 소리도
빗줄기 아니라 매미들이었네

한밤중 쏟아지는 빛마다 대꾸해
저렇게 목청껏 웃으며 놀다가는
햇살 부신 대낮에는 어떻게 하지

제 짝 찾은 매미는 단꿈에 젖고

목만 쉰 놈은 낮잠이라도 자나
태풍이 비바람 몰고 온다는데

비둘기

조선총독이 앉아 죄짓던 곳
그래서 지금은 시한부 생명인
옛 중앙청에 크레인 드나들자
비둘기를 찾아볼 수 없다

지난 봄 뒤뚱거리며 다니던
그 비둘기 떼 어디로 갔을까
역사의 빗자루 소리에 깜짝 놀라
몇 대째 살아온 돌기둥 옆 둥지 떠나
경복궁 숲속으로 숨어들었나 보다

그들은 다투고 시기하는 법이 없다
참새가 모이를 가로채도 '구구구'
절구질하며 시멘트만 쪼아댈 뿐이다
눈앞의 먹이만으로도 배가 부른지
먹거리 보면 동네 친구 불러모은다

동십자각 앞까지 나온 저 비둘기는
빠알간 맨발로 어디로 가고 있나
하늘로 난 길 잃어버려 북한산이라도
물어물어 찾아가는 길일까

김광섭 시인의 '성북동 비둘기'는
굴뚝 연기에서 향수를 느꼈다지만
트랙터 소리에 놀란 저 비둘기는
집 잃고 친구 잃고 홀로 남아 외롭다

연어들의 귀가
―보성고 졸업 30주년 홈커밍데이에

친구야! 여기는 오대양의 연어들이
떼 지어 모여드는 남대천의 고향집
보고 싶던 얼굴 위에 쌓인 세월이 하얗다
밤하늘의 별처럼 시인들이 많아도
어떻게 만남의 이 기쁨 노래할 수 있을까
아름다움 그리는 화가들이 모여서도
어떻게 우리의 이 표정 제대로 그릴 수 있을까

친구야! 오늘은 무지갯빛 울타리 안에서
혜화동 시대의 꿈을 다시 꾸는 날이다
담쟁이 휘감기던 보금자리 앞에는
올봄처럼 백목련이 해마다 꽃을 피웠지
그날 연습한 대로 아직 날지 못했어도
우리 손잡고 다시 먼 바다로 나가자

친구야! 오늘은 모두 시인 되는 날이다
나는 죄가 많아 성경 다 읽은 뒤에야

시인촌으로 가는 배 뒤따라가려 했는데
아니야, 너희들을 만났으니 시를 써야 해

30년을 기다려온 봄 소풍 가는 날
여기는 우리들의 즐거운 '보성 나라'
친구야! 한 폭 두 폭 그린 너의 인생 수채화
눈부시도록 아름답고 투명하구나

10년 수레 다시 여러 바퀴 돌아도
56회 우리들의 고향집은 '어머니 나라'
넉넉한 그늘, 손짓하는 바람, 인경 소리……
삼각산이여! 한강의 깊음이여! 보성의 연어들이여!

−1996년 5월 29일 발표

그 거북

경회루 연못 한가운데서
힘차게 어깻짓하는 저 거북
나이가 한 오십은 되어 보인다

자갈치 시장에서 사온 거북
장난감처럼 가지고 놀다가
엄마가 수원지에 놓아주자
뒤돌아보던 모습 생각나네

대접만한 경회루 거북 저놈은
부산 그 거북의 아들인지도 몰라
세월 속에 떠다니는 묘한 인연

남대문시장 거북을 동이째 사서
동해에 줄줄이 넣어주고 싶다
부산-경회루-동해의 삼각 연(緣)이여

요강 하나 못 찾고

엄마 젖 만져야 잠들던 시절
왜 나는 오줌만 마려우면
곤히 잠든 엄마를 깨웠을까
방구석에 있는 요강 하나 못 찾고

남편 없는 타향 땅 부산에서
어린것들 먹여 살리느라
힘든 하루 간신히 접고
곤히 잠드셨을 우리 엄마
얼마나 귀찮고 피곤했을까
아무리 막내라도 그렇지
혼자 요강 하나 못 찾았으니

오십견(肩)이 이따금 찾아오고
새벽이면 바람 빠진 배구 공처럼
일어나기 힘든 오늘에 와서
철없던 그 밤들을 뉘우친다

안개꽃 사랑

저 하늘 한줄기 은하수
겨울 꽃가게 사뿐히 내려
점(點)으로 피어오른 별들의 영혼

겨울밤 중천의 달무리
그 속살 순결을 닮아
수줍게 피어 매어달린 생명

내 신부 동그란 어깨에서
발끝으로 흐르던 면사포 색깔
엄마 코고무신, 모시적삼색

카네이션, 백합도 넘볼 수 없는
장미를 빛내 더욱 빛나는
아름다운 조연의 기막힌 사랑

어느 시인이 안개꽃이라 했나

햇살 받으면 더욱 빛나는 광채
달무리 은하수 닮은 안개꽃 사랑

겨울 꽃가게 안개꽃 흐른다

그날이 자꾸만 생각나서

눈감으면 어제 같은 어린 시절
고사리 손이 저지른 죄를 고백합니다
주인집 아들인 제가 세 든 가게 돈통에서
오백 환 몰래 꺼내 자전거 빌려 탔답니다

부산 구덕산 들개처럼 쏘다니던 그때
국화빵 군고구마 배불리 먹고 싶어
눈감고 불공드리는 어머니 곁에서
빳빳한 백 환짜리 새 돈 몇 장 훔친
부끄러운 저의 십대를 고백합니다

눈감으면 어제 같은 어린 시절
죄지은 그날이 너무 죄스러워
빨개지는 얼굴 들 수 없습니다

황량한 들판의 도둑고양이처럼
어느 일요일 이층 물받이 타고

오학년 교실로 넘어 들어가
시험지 한 장 훔쳤습니다
달달 외워 답 쓰며 두근대던 가슴
지천명의 오늘에 고백합니다

하나님 아버지, 자비의 부처님
아! 육신의 아버지와 어머니
그리고 내 두 아들이여
신문에 내야 할 그날이 부끄러워
고개를 도무지 들 수 없습니다

오늘은 운이 좋았습니다

오늘은 운이 좋았습니다
초가을 햇살이 경회루 연못에서
한가히 놀고 있는 오후
저 멀리 두꺼비만한 큰 거북
햇볕 쪼이며 내게 손짓했습니다

오늘은 유치원생과 여중생 소풍이 많아
경복궁에 모처럼 생기가 돌았습니다
그래서 이백 원짜리 잉어밥 파는 수위 아저씨
비둘기들과 놀 시간 없었습니다

잉어 붕어 떼 본 사람들의 첫 마디
어떤 이는 푹 고와 먹고싶다고 하고
어떤 이는 낚시하고 싶어 안달입니다

그러나 오늘 만난 선생님은 달랐습니다
"우와! 저기 봐라 저기 잠수함이다

와! 상어만 하다 왕이다 왕”
“애들아 거북도 있다, 연못 아래 용궁 있나 봐”

여름이 물러간 오늘 같은 날 경복궁에는
도시인들의 꿈이 가을바람에 여물어갑니다
순백색 드레스의 신부가 휠체어 신랑 곁에서
행복을 수놓는 모습도 비둘기들이 보았습니다

나이 더 들어 회사 그만 나오라고 하면
경회루에서 잉어밥 파는 수위가 되어
하루에 시 한 편씩 쓰는 시인 되고 싶습니다

오늘은 운이 좋아 큰 거북도 보고
연못 위로 내려앉은 가을을 마음속에
소복이 담을 수 있었습니다

은행잎 속 바다

하루가 열리는 편집국 창밖
샛노란 은행잎에 걸린 바다 냄새
오늘 아침 해가 한계령 넘어
동해 바닷물을 가져왔다

아침 해 추풍령으로도 한줄기
바닷가 갯내음 묻혀와서는
중학동 은행나무에 올라가
해풍과 파도 칠해 놓고 떠난다

오늘 아침엔 내 책상 옆
신도리코 팩시밀리에서
흘러나오는 카리브해 바닷물

트리니다드토바고에서
대사하는 친구가 보낸 팩스에
중남미 바닷바람 묻어 있다

바다 색깔이 시시각각 변하고
사람들이 넉넉하다는 그곳
조그만 섬나라에 가고싶다

우선 내일 아침 해를 만나면
안부 전해달라고 부탁해야지

둥지

낙엽 떨어져 몸 웅크린 나무 위
이름 모를 새들의 둥지 선명하다

집주인이 누구인지 몰라도
사람의 손길 닿지 않는 하늘에
잎 무성한 나무, 튼튼한 가지 골라
저렇게 제 집 지은 지혜 놀라워라

산과 들 숲속의 쓸 만한 재목 찾아
수백 수천 번 입으로 힘들게 물어다가
땀 흘려 집 짓는 모습 본 적 없으나
이제는 하늘집 쉽게 만날 수 있다

지금 저 집에는 누가 살고 있을까
둥지 버리고 따뜻한 곳 찾아간 걸까
가끔씩 날아다니던 까치집일까
집 짓고 둥지 트는 새 본 적 없어

아무리 생각해도 알 수 없어라

초겨울 앙상해진 키 큰 나무 위
이름 모를 새들의 둥지가 쓸쓸하다

사슴 연하장

이런 저런 일 얽히고설켜
수양 덜된 마음에 분(憤) 쌓여
혈압 또다시 천장 쳐다볼 때
미국에서 날아든 카드 한 장
금빛 사슴 세 마리 뛰어오른다

이민 간 친구가 카드 뒤에서
내 심사 안다며 이렇게 말한다
"몸속의 피 파도치면 너만 손해야
치미는 울화, 버리고 싶은 것
내가 보낸 사슴에게 실어보내 줘
태평양 가장 깊은 곳에 떨어뜨리게"

내일부터 혈압 약을 먹어야겠다
어릴 때 에비오제 씹어먹었듯이
그리고 인터넷 선교 페이지 찾아

하늘의 말씀 시편과 잠언을 읽고
고마운 친구에게 연하 답장 보내자

섬 안테나

편지라도 올 듯한 봄날
밤새 잔뜩 충전해 둔 휴대폰
온종일 한 번도 울리지 않아
오늘 하루 아니 어제도
나는 섬 속에 갇혀 있다

자고 있는 휴대폰 만지다가
혹시나 해서 ‘수신함 관리’
들어가 보니 음성사서함에도
문자사서함에도 인적 없어라

그래도 나는 오늘밤 잠들기 전
휴대폰을 충전기에 꽂아놓아야지
내일 찾아오는 손님 얼른 만나게

지금 이 순간 휴대폰 켜놓고
나처럼 나 기다리는 사람 있을까

세상 어디에 단 한 명이라도

내 휴대폰은 무인도의 안테나
음성 녹음은 1번, 연락 전화는 2번

마음 물

눈에서 나와 흐른다고
그저 눈물이라네
뼛속 깊숙이 가슴속에서
솟구치는 골수의 진액인데
마음 물이라 부르지 않고
무심하게 그저 눈물이라네

마음속 바닥에서 솟아나는
샘물을 눈에서 흐른다고
물총에서 나오는 물 부르듯
모두 눈물이라네

울음도 얼굴이 울지 않고
마음 아파 내가 우는 것인데

눈에서 흐르는 외줄기 마음 물
다른 한줄기는 왜 메말랐을까

뉘우침의 산 오를 자격 없어서인가
나는 눈물을 마음 물이라 부르리

백목련

달빛과 밤바람이 창밖 키 큰
백목련 주위에 모여 새봄을 만든다

새순 틔워 대기 속에 걸음마시키며
사월 봄볕의 생김새도 일러주고
어느 순간 휘몰아칠 비바람도 알려준다
그리고 왜 이 순간 흰색으로 태어나는지도

백목련엔 나의 사춘기가 녹아 있고
더불어 석양길 인생의 의미가 담겨 있다
하늘에서 내려온 봄볕과 따스한 공기
아스팔트 옆 백목련 곁에 서서
지난겨울 인고(忍苦) 격려하며 새봄을 준비한다

대학병원 신생아실 앞에도 백목련 폈으면
아! 하나님의 섭리는 아름답고 놀라워라

3

잎새의 명퇴

꽃장사 내 형님은

올해 환갑인 내 형님은
로스앤젤레스에서 꽃을 판다

20년 전 어머니 돌아가신 뒤
미국으로 이민 간 내 형님은
빌딩에 매달려 유리도 닦고
햄버거 하나로 끼니 때우며
이 악물고 달러 모아
지금은 온갖 인종 누워 있는
드넓은 공동묘지에서 꽃을 판다

부탁 받은 꽃 들고 관 옆에 가면
귀신 잡는 해병대 출신 형님도
시체들이 벌떡 일어날 것만 같아
머리카락이 서고 다리 후들거렸으나
지금은 죽은 이 넥타이도 고쳐 매주고
꽃 전하며 영혼의 대화도 나눈다네

그 형님이 올 가을 향수병 도져
수만 송이 꽃값 들여 서울로 날아와
어머니 묘소 앞에 무릎 꿇고 앉아
저 앞의 실개천 내려다보며
진해 해병대 부대 앞에 방 얻어놓고
풍로 이고 면회 와서 밥 잔치 해주시던
어머니 생각나서 눈물짓는다

올해 환갑인 LA 꽃장사 내 형님은
6. 25 때 피난 갔던 공주, 부산 들러서
국제 망자들이 기다리는 미국으로 떠났다

장모님께 드리는 연서(戀書)

'청실홍실' 좋아하시는 우리 장모님
당신의 평생도 청실홍실로 수놓아
오늘 고희(古稀) 맞아 웃음꽃으로 피어납니다

순창의 달덩이 처녀가 종가의 맏며느리로,
6남매의 어머니로 굽이굽이 살아온 길에
햇살만 있었을까만 그래도 그래도
대장부 같은 심지로 헤쳐 나온 인생 바다

매일 아침 하나님과 통화하는 우리 장모님
그러나 그 모습은 무량수전의 보살같아라
이 세상에서 가장 인자하신 어머니
이 세상에서 부러울 것이 없는 장모님

태윤이와 태훈이 장가들어 그놈들 닮은
아들 딸 낳을 때까지 오래오래 사세요

눈오는 날 허리 다친 사위 길 넘어질까
전화해서 걱정하시는 어머니 칠순날
오십 넘은 맏사위 이렇게 큰절 올립니다

고들빼기와 홍어 맛을 처음 보여주신 장모님
백수(白壽)하신 뒤 하늘나라 아버님 만나뵈어도
왜 이렇게 늦었냐고 나무라지 않으실 겁니다

제가 나이 더 먹어 칠순이 되는 날
장모님 요즘 어떠시냐고 여쭈어보면
이렇게 말하세요 *"암시롱 안해, 암시롱 안해"

* '아무렇지도 않다' 는 뜻의 전라도 사투리.

친구의 눈물

하나님
저에겐 이런 친구가 있습니다

출장길 대천 앞바다에 서서
떨어지는 해 보며 눈물짓고

동해 정동진까지 달려가
떠오르는 해 보며 눈물 닦고

멀리 이스탄불 지중해
요트 속에서 인생을 생각하는
그런 친구가 있습니다

정동진에서 떠서 만물을 키우고
대천 바다 속으로 지는
해와 그 길을 만드신 하나님

맑고 청정해 울기 잘하는 그는
아버지도 아닌 장인 돌아가신 날
울다가 자다가 다시 깨서
또 우는 그런 울보랍니다
그 친구의 눈물이 부럽습니다

아름다운 집
―호림 선생님 회혼의 노래

석가헌(夕佳軒)이란 말이 있습니다
노을 속에서 빛을 내는 둥지처럼
석양에 비친 아름다운 집을 말합니다
그러나 석가헌은 누구나 지을 수 없습니다
영원히 지워지지 않는 하늘 방명록에는
아무나 이름과 족적 남길 수 없고
더구나 영영 무궁 이어지는 일이 아니면
밤하늘 유성에 지나지 않기 때문입니다

오늘은 1943년 10월 19일
여기는 갈 수 없는 땅 개성입니다
철도국 서기 총각은 사모관대를 하고
두 살 아래 꽃다운 처녀는 연지 곤지
축복받은 신랑 신부의 결혼식 아니,
회혼식 주례는 저 하늘입니다

한 집안 건사하기도 벅찬 세상

대물린 신용 밑천으로 성보동산을 일궈
튼실한 과실 주렁주렁 만대(萬代) 이르고
자식같이 돌본 청자 백자 영겁을 숨쉬며
육영의 꿈나무 무럭무럭 동량(棟樑)되니

종로 실장사 청년의 빛나는 팔순은
형형한 눈빛, 무욕의 천진무구함으로
정직하게 흘린 땀과 나라 사랑의 피가
어우러져 빚어낸 인생의 도자기입니다
그 도자기에는 평생 반려의 지극한 내조
헌신과 지혜가 배어 있어 더욱 곱습니다
그렇습니다 제 친구 재동군 어머니는
사임당을 닮으신 한국의 여인상입니다

호림 선생님 내외분의 기업, 학교, 박물관 사랑은
개성 사람의 보람이나 가족사의 울타리를 넘어
이 나라 대대손손의 영혼을 살찌울 것입니다

석가헌이란 말이 있습니다
석양에 비친 아름다운 집을 말합니다
그러나 그 집은 돌과 나무로 지은 집이 아닙니다
윤(尹)자 장(章)자 섭(燮)자, 박(朴)자 정(貞)자 윤(潤)자 두
분이
60년간 사랑과 꿈과 덕으로 지으신 집입니다
그래서 다시 아침 햇살을 받는 집입니다
만수무강을 축원하오며 이 꽃다발을 바칩니다

면회 가는 날

오늘은 우리 아들 면회 가는 날
엄마는 새벽부터 바리바리 싸넣고
행여나 빠졌을까 몇 번씩 챙긴다
밥에는 녀석이 좋아하는 완두콩

철원과 포천이 어깨동무한 땅
플라타너스가 바람 반주에 맞춰
나부끼며 환영하는 푸른별부대에
작대기 세 개 단 내 아들이 있었다

위병소 옆 잔디밭 그늘에 앉아
이것도 먹고 저것도 맛 좀 보거라
풋고추와 오이, 고추장통 깜빡 한
아내는 큰 잘못이라도 한 듯
몇 번씩 후회하며 서울 쪽 본다

"엄마 나 한잠 잘 게요"

나는 구릿빛 아들 얼굴 보면서
30년 전 면회 오신 어머니 생각하고
아내는 녀석이 벗어놓은 안경알
윤이라도 낼 듯 닦고 또 닦는데
저기 청솔모 한 마리 뛰어간다

그 옛날에도 그랬지만
키 큰 나무 옆 부대 막사와
넓은 연병장 위로 쏟아지는
초여름 햇살은 오늘도 한가롭다

나는 편지 쓰고 나서 마무리하듯
당부할 말 조리 있게 생각하는데
빈 그릇 주섬주섬 챙기는 아내는
올 때와 딴판으로 어두워진다

평생 누워서도 아름다운 그림 그리는

수녀님 이야기가 아들 귀에 담겼을까
군화끈 조이고 먼저 내미는 손잡아
어느 목사님의 사진 수상집을 건넨다

내무반 선후배와 나눠 먹으라고
서울에서 맞춰간 송편 두 상자
어깨에 엎고 손 흔들며 올라가다
뒤돌아보고 또 보는 녀석 뒷모습
산길 스님 같이 평화로워 마음 놓인다

아들아

아들아, 올겨울 유난히 춥다
그래도 견디면 봄이 온다
땅속의 씨앗처럼 참아야 한다

아들아, 어제는 크리스마스 이브
엄마와 나는 소주 한잔하면서
너희들을 가슴에 안아보았다

아들아, 답답해도 귀 좀 빌리자
아침 해 같은 희망 말해 줄 테니
아무것도 염려 말고 산에 오르라

엄마와 나는 오른손 왼손
*정기와 *민기도 오른손 왼손
두 손은 따로 있어도 같이 산다

오른손 하는 일 왼손이 보고

왼손 힘들면 오른손이 감싸고
두 손 맞잡으면 따뜻해진다

아들아, 우리는 오른손 왼손
한 손이 못하면 한 손이 돕는다
아무리 어려워도 두 손만 있으면
우리 네 식구 사랑으로 산다

아들아, 오늘은 97년 성탄절
아기 예수 세상 오신 기쁜 날
두 손 모아 기도하자 사랑과 평화

*정기, 민기는 필자의 첫째, 둘째 아들.

자네가 자랑스럽네
―친구 이윤복(李潤馥)의 LA 총영사 됨을 축하함

우리는 자네가 자랑스러워
대통령보다 그대가 부러워
자네는 남가주 한인 대통령
로스앤젤레스 대(代)통령
100만 교민호(號)의 파일럿

그곳은 기회의 땅, 회한의 하늘
100년 세월이 성채(城砦) 된 곳……
서러운 향수와 대 이은 집념들을
육자배기 가락 속에 그대로 녹여
피와 땀과 얼로 쌓아올린 탑

그들은 사막에 도시를 만들었지만
교민들은 그곳에 코리아를 세웠다
타향살이는 원래 서럽고 애달픈 법
그래서 그들은 부대끼며 살다 보니
미움도 어리광도 삐짐도 나이테 둘러

잘 토라지고 편 나누어 말도 많다니

아메리카 땅의 조선인 성주(城主) 그대여
나성(羅城)의 도지사 이윤복 총영사여
큰 마음으로 베풀고 보살피고
섬세한 맏며느리 성정으로 보듬으라

그들은 소가 등 비빌 언덕을 찾듯이
두고 온 나라 대신에 자네를 찾나니
외로워 뻥 뚫리고 지쳐버린 가슴가슴
토닥여주고 어루만지는 그대 손길에서
그들은 고향도 나라도 느낄 수 있으니

길옥윤은 이렇게 노래했지
나성에 가면 편지를 띄우세요…… 뚜비뚜바
나는 이렇게 부탁해야지

나성에 가서 금자탑을 쌓으세요…… 룰루랄라

우리 친구들은 자네가 자랑스러워

해로(偕老)

오늘도 서쪽 하늘에
해와 구름이 노을 만든다

새벽에 만나 하루 종일
하늘바다에서 사랑하다가
황혼에 걸어가는 노부부같이

그들만의 노래와 몸짓으로
한 생을 마감하는 대서사시
그래서 노을은 해와 구름의 해로

47년생 유재만을 찾습니다

"희관아 놀자"
부산 동신국민학교 6년 단짝
유재만이 지금 대문 밖에서
딱지 치고 닭싸움하며 놀자고
나를 부른다

까만 고무신의 까까머리 보고 싶어
경찰 컴퓨터에 물어보니 47년생 유재만은
부산, 거창, 논산에도 살고 있으나
내 친구 재만이는 찾을 수 없어라

아이는 몇이나 두었는지
나처럼 이마에 주름골이 깊은지
무슨 일하며 열심히 살고 있는지
나이 들수록 재만이가 보고 싶다

오늘은 만국기 펄럭이는 운동회날

저기 청군 기마전의 대장 재만이
기세 당당하게 두 팔을 높이 올린다
그렇게 그는 승리하며 살고 있을까

송도 해수욕장 보트 옆에 묻어둔
반바지 셔츠 고무신 찾지 못해
고추 흔들며 집에 오던 그날처럼
달리기 잘하던 47년생 재만아
영혼 영글어가던 구덕산에 올라
칡도 캐먹고 바다도 보자

인생 골목대장
−정년 퇴임하는 조성호 실장께

조실장 아니 형님 아니 형
인왕산 너머로 하나님이 그리시는
아름다운 그림, 노을을 보면서
큰 대(大)자 대형에게 편지를 씁니다

처음이자 끝 직장인 신문사에서
30년 만에 영원히 퇴근하시는 형
형은 이제 산 너머 또 다른 세계로
단지 조금 먼저 떠나시는 겁니다

얼마 전 다녀오신 백두산 여행길
제2의 인생 구상 많이 하셨는지요
몇 년 뒤 제 차례가 돌아왔을 때
그냥 형이 걸은 길 따라만 가면 되도록
힘찬 걸음으로 이정표가 되어주세요

하늘을 받드는 동네 봉천동에서

어머니를 하늘처럼 모시는 효자
이별 아쉬운 후배 동료 너무 많아
열흘 넘게 낮밤으로 송별회 진기록
나에겐 소주 한잔 언제 차례 오려나

조실장 아니 형님 아니 성호형
편집국 창 너머 가을 햇살에 물드는
은행나무 회나무 단풍나무 정겨워라
우리들의 간이역 실내 포장마차에서
아니면 빈대떡 유명한 열차집에서
오늘은 형을 만나 대취하고 싶어라

당신은 나의 인생골목에서 대장이었소

잎새의 명퇴

대모산 정상 아래 등걸에 앉아
석양 속으로 떨어지는 낙엽을 본다
봄햇살에 생명 빛 칠하던 잎새의 명퇴
바람 부르고 숲 만들던 색색의 황혼
유난히 애잔한 가을 땅 위에 구른다

서울 지하철 3호선 안국역에서 내려
은행잎 밟고 출근하는 중학동의 아홉 시
주름 진 이마에 부딪치는 인왕산 바람아
올가을 단풍은 서럽도록 아름답다

습관처럼 들어선 편집국 창 너머에는
한여름 기세 좋던 회나무 풀 죽어 있고
교열부 정부장 책상 밑 슬리퍼 한 켤레
명퇴원 내고 집에 간 주인을 기다린다

오자와 숨바꼭질한 마음씨 좋은 정부장

올여름 다 키워놓은 아들 가슴에 묻더니
늦가을엔 낙엽처럼 허허벌판에 나 앉았다

비에 젖은 아스팔트 위 빠알간 단풍잎
가을이 써놓고 세월 속으로 간 명예 퇴직원

꽃집 아저씨

나는 그 꽃집 아저씨의 얼굴과 손이
왜 그토록 망가져 버렸는지 알지 못한다
세상 누구도 못 고치는 몹쓸 병 때문에
평생 그렇게 살 수밖에 없을 거라고
혼자서 미루어 짐작할 뿐이다

나는 아저씨가 수많은 일자리 중에
하필이면 꽃들과 이십 년 넘게 인연 맺어
일그러진 얼굴로 꽃집 주인 되었는지
눈인사만 하는 사이라 잘 알지 못한다

그러나 나는 안다, 누구보다 잘 안다
그 꽃집의 꽃나무들이 다른 어느 집보다
싱싱하고 아름답고 향기로운 이유를 안다

남들이 저마다 몸 가꾸고 신경 쓸 시간에
아저씨는 난초 국화 장미 백합에게 물 주고

불편한 두 손에 사랑이 넘치기 때문이다

뻘겋게 흉해진 얼굴, 마디 없는 손가락으로
꽃과 나무 가꾸는 아저씨가 존경스럽다

어려서 화상 입은 *안 유(安 裕)에게

얼굴 일찍이 망가졌지만
지천명(知天命) 오늘에 당당히 서서
하나님의 칭찬을 기다린다

사춘기 거울 볼 때마다 '쿵쿵쿵'
매일같이 무너져 내리던 가슴
이제는 남산의 비둘기 되어 훨훨

아들과 딸의 자라나는 모습에서
잃어버린 나를 찾아 헤매던
지난날의 고통은 하늘의 시련

고것들이 아빠 알아보던 날
행여나 놀라서 울까봐 두근두근
두근거리던 네 심장 소리 들린다
이제는 그 아이들의 빛나는 하늘
혼자 버텨온 핏빛 인내는 해탈의 경지

내 친구 안 유!
이 세상에는 얼굴 멀쩡하고
마음 쑥밭인 자들 얼마나 많으냐
이름처럼 편안해지고 넉넉해진
너를 사랑하는 너의 부인이 고맙다

인생 낙엽

아카시아꽃 꽃 꽃 산 전체 물들어
5월 대모산에 하얀 단풍 들었네
아니 허연 구름 내려앉았네

중턱에 올라 약수 한 사발
아카시아 향기 가슴에도 번진다
아내 무릎 베고 벤치에 누워
올려다본 하늘은 나뭇잎 바다
바람 따라 청청한 잎 떠다닌다

아내의 손길 내 머릿속에서
인생의 낙엽을 하나씩 줍는다
저 나무처럼 싱싱하던 그 옛날
스물셋 처녀가 나 만나던 날
떠올리며 하는 말 "세월 참"

나는 흰머리 골라 뽑는 아내를

등산객이 곁눈으로 보고 지나가도
부끄럽지 않은 나이가 되어버렸다

대모산 중턱 약수터 벤치에 누워
인생의 뱃길 얼마나 남아 있는지
하늘 바다 쳐다보며 생각해 본다

은발의 망년회

-갈대의 박수

40년쯤 전일 거야, 나 어렸을 때
속초에서 설악동까지 걷던 여름밤
하천 곳곳에 노랗게 피어 있던 달맞이꽃
밤에 피는 꽃이라 신기하기만 했는데

환갑의 언덕이 바라보이는 요즈음에는
양재천 달밤에 만나는 갈대숲도 반갑다
숨 헉헉 몰아쉬며 겨우겨우 달리다 보면
그들은 손 들어 박수 치며 힘내라고 아우성

조깅 코스 군데군데 무리 지은 갈대숲은
햇볕이나 노을 속에서도 아름답지만
한밤에 만나는 갈대숲은 백발의 망년회
어깨 부비며 술잔 높이 들어 회포를 푼다

누구라도 오늘밤 양재천에 내려가시면

엄마 손처럼 흔드는 갈대숲을 만나게 되고
반갑다며 쳐주는 박수 소리 듣게 됩니다

향수

'한국의 집' 골목 끝 필동면옥
오늘도 실향민들 고향 맛본다
대동강물 육수에 향수 말아
평양에라도 온 듯 훌훌 먹는다

평양고보 달력 붙어 있는 필동면옥
7척의 주인 노인 점심시간이면 신난다
돈도 벌고 고향 사람도 만날 수 있어

서울 장안 온갖 냉면 맛 자랑해도
멀건 물에 넓적한 무와 파 둥둥 띄운
특유의 씹힘과 담백한 여운 어림없다

노하우로 삶은 돼지 편육 장에 찍어
소주 한잔과 곁들이면 행복한 점심
필동면옥 커다란 냉면 그릇 속에는
바람 타고 내려온 평양의 봄이 담겼다

서울과 평양, 냉면과 향수
오늘도 키 큰 평양 노인 돈 많이 벌었다

꿈길에서 만난 소년

오늘 새벽 돌아누운 꿈자리에서
저는 저를 닮은 소년을 만났습니다
소년의 등에는 숫자 10이 선명했고
초등학교 6학년쯤 돼 보였습니다

늙고 키 큰 현재의 제가 다가가
동네 야구라도 마치고 나오는 듯한
소년의 얼굴을 만지자 다소곳했습니다
꿈속에서도 희한한 일이라고 생각했죠

소년은 지금도 초등학교 졸업 앨범에 있는
상고머리 그 얼굴 그대로였습니다
그런데 등번호 10은 무슨 연유일까요

오늘 새벽 돌아누운 꿈자리에서 만난
그 소년은 저의 영혼일지도 모릅니다
이유는 요즈음 제가 부쩍 늙어가는 저를

들여다보고 싶은 날이 많았기 때문입니다

아니면 엊그제 양재천 산책길에서
엄지손톱 속 흰동산 같은 달을 보며
아내 손잡고 뒷걸음칠 때 떠오른 생각
"이렇게 한 발 한 발 뒤로 걸은 그만큼
젊어진다면 세상 사람 모두 뒤로 걷겠네"
잠꼬대 같은 그 꿈이 꿈속에서 이루어져
어린 시절로 정말 돌아갔는지도 모를 일이죠

세상살이 그리 간단치 않은데도 그래도
남과 싸우거나 욕심 부려 다투는 꿈 안 꾸고
제 영혼인 소년을 만날 수 있어 행복합니다

과분하게도 며칠 전에는 흰 별 두 개가 접영하듯
앞다투어 저를 향해 내려오는 꿈도 꾸었습니다

흰 별 꿈을 당신께 팔라구요?
천만에요, 당신도 오늘밤 좋은 꿈꾸세요!

4

꿈속의 별자리

마흔아홉에 쓰는 시

허물 벗어놓고 뿔뿔이 놀러 나갔던
내 영혼의 단어들이
하나 둘 셋 넷 집으로 돌아와
가지런히 줄을 선다

시골길서 뒤집어쓴 먼지 털고
발에 묻은 뻘건 진흙 씻어내고
깨끗한 물로 등목을 한다

긴 장마 축축한 비에 젖은 옷
생명의 불 활활 타오르는
벽난로에 말리고 앉아
서로 손잡고 어깨 부비며
기쁨으로 출렁출렁 줄을 선다

하늘 위서 뒤집히고 뒤집혀
팔랑팔랑이며 등나무 흰 뱃살같이

햇빛 찰랑이는 종이의 몸짓을 보았는가
그 빛깔 그 흔들림으로
영혼의 단어들이 줄 선다
마흔아홉에 시를 쓰기 위하여

−1996년 발표

돌다리

꿈꾸고 있는 나를 내가 본 새벽
아름다운 꿈속에서 예쁜 돌다리 건너
오늘의 나로 돌아오는 나를 보았다

아기자기한 꽃 조각의 조그만 돌다리
거기가 하늘나라의 문인지도 몰라
거기가 바로 영생의 입구인지도 몰라

새벽녘에 건너온 그 돌다리는
내 인생의 아름답고 영원한 화두

이것이 정말 어찌된 일인가
지하철에서 만난 *여운학 선생이 보내준
오늘 받은 '사랑의 편지'에 그 돌다리가 있으니
얼마나 놀랍고 투명하고 기막힌 일이냐

"베네치아에 있었다는 탄식의 다리는

절망과 죽음의 다리가 아니라, 환희와 새 소망의 문이
라네"

오늘밤에도 훨훨 날아가
그 돌다리에 앉았다 와야지
죄 많은 네가 어떻게 왔느냐고
꾸지람을 듣더라도

*서울 지하철 플랫폼에 수년째 '사랑의 편지'를 올리고 있는
도서출판 규장각의 대표.

하루가 행복

지하철을 타면 남대문시장에서 본 듯한
친근한 얼굴 만날 수 있어 좋다
어깨 부벼지는 옆자리 아저씨 형님 같고
건너편 주름 깊은 할머니는 내 어머니

지하철을 타면 교회처럼 두 손 모아
묵상하며 기도할 수 있어 좋다

출근길 압구정 지나 한강 위 지날 때
아침 서기(瑞氣) 한 동이 퍼담아 가슴 적시고
선한 눈동자와 눈 맞추면 하루가 행복

찬송가 앞세운 흰 지팡이 위해
동전 몇 닢 준비하고 지하철을 타면
처음 본 사람도 그 친구인 듯 반갑다

어깨 너머 하루해 슬며시 지고

한강 저 멀리 전깃불 별무리 지면
퇴근길 터널 속으로 희망 달린다

안국역에서 "나 이제 간다" 전화하면
학여울 지나 대청역 마중 나온 마누라
김포공항에서 몇 달 만에 상봉하듯이
손 흔들며 내 가슴에 웃음 포갠다

땅 위로 세월 흐르고
지하철에는 인생 흐른다

누명

새벽 아기 울음 우는 저 고양이
사람들은 도둑고양이라고 부른다
놈들이 몰래 가져간 것 없는데도

그 옛날 부엌 선반 위나 장독대에서
생선 훔쳐먹은 조상의 원죄 때문에
도둑고양이 누명 쓰고 그냥 산다

아파트 쓰레기장에서 사는 고양이
분리 수거 후 먹고살기 힘들다
먹자골목이나 슈퍼마켓에 가도
끼니 때우기 점점 어려워진다

오늘도 아기 울음 우는 저 고양이
땅이 그리워, 흙의 체온이 그리워
마루 밑의 어둠과 발소리가 그리워
젖 보채는 아기처럼 서럽게 운다

누명 벗으면 집고양이는 아니더라도
가출한 강아지 신세는 될 터인데

25년이라는 세월

1977년 1월 취직해서 결혼한 나는
바로 사주님 잃고, 어머니도 잃고

25년 세월 흘러 늙어버린 나는 요즘
그 어른 생각하고, 어머니도 생각나고

올해가 은혼(銀婚)인데도 신혼 시절이 엊그제,
오늘같이 봄꽃 화사했던 4월 11일 아침
셋집에서 *백상(百想) 선생 부음 들은 견습기자
그분의 25주기 추모식 준비할 줄이야

손자 기다리다 끝내 원(願)을 못 푸신 어머니
어린이날 가신 뒤 해마다 제삿날이면
듬직한 손자들 만나 흡족해하시는 어머니
다가오는 25주기에는 모란공원 묘소 앞에서
당신 곁에 갈 날 생각하며 시를 쓰겠습니다

올봄에도 나무 위에 연꽃 피어 하늘거리고
조계사 스님들 부처님 오신날 불 밝힐
알록달록 오색 연등 준비하느라 바쁘고……

-2002년 4월 5일 발표

*한국일보 창간 발행인 장기영(張基榮) 선생.

무명 용사

침대 모서리에 부딪친 뒤
두 달 지나도록 낫지 않는
왼발 네 번째 발가락아 미안하다
부어올라 걸을 때마다 아파 보니
한평생 낮은 데서 몸뚱이 위해
고생하는 수고 이제야 알겠다

손가락은 엄지 검지 중지 약지
가락마다 이름 있고 할 일도 있어
만나고 헤어질 때 악수도 하고
경례 주고받으며 생색도 내고
귀여운 아이 머리도 쓰다듬고
맛난 음식 먼저 냄새 맡고
신나면 손바닥과 박수도 치고
명예롭게 주인 대신 선서도 하고
피아노 건반 위에서 뛰어다니고
사랑하는 사람 젖가슴 애무도 하고

새끼손가락은 약속의 고리도 되지만

발가락은 멍에를 숙명으로 여기는
이름조차 없는 발가락일 뿐이다
발톱 깎을 때도 무심코 보던
아기 고추 만한 네 번째 발가락아

언제나 양말과 구두에 갇혀
산봉우리 가장 먼저 밟고도
정복의 기쁨 두 팔에 주어버리는
너희들의 공로 이제야 알겠다

오늘 아침 신문에서 너도 보았지
교황 바오로 2세가 부활절 앞두고
예수님처럼 아랫사람 발 씻긴 뒤
허리 구부려 발등에 입맞추는 모습

앞으로 물구나무를 자주 서야겠다
발가락 만세, 무명 용사 만세 부르며

형님 같던 당신

― 고(故) 장강재(張康在) 한국일보 회장님 5주기 영전에

형님 같던 당신이
5년 전 오늘 여기 하남 땅
창우동 묘소에 영원히 누우실 때
저는 허리 수술 후 지팡이에 의지해
걸음마하느라 영정조차 뵙지 못했습니다

나라 변고(變故) 후 국보위 서슬 퍼렇던 80년
당신은 입사 4년차인 저와 선배 네 명의
기자 생명을 살려주신 은인입니다
국내 제일의 서울경제 없앤 자들 찾아가
이들만은 회장인 내가 책임 지겠노라며

해직을 최소화하려는 '가장(家長)'의 뜻을
세상 바뀐 뒤 청문회 때야 알았습니다
그러나 어렵게 살려주신 신출내기가
5주기 추모식 준비할 줄은 몰랐습니다

우리는 추모식 이틀 전부터
하루에도 몇 번씩 하늘 쳐다보며
장마철이라 어렵더라도
당신 기리는 그날 하루만은
비 내리지 말아달라고 기도했습니다

당신 만나러가는 8월 2일 새벽부터
기상청을 무색케 하는 기적이 일어났습니다
그 전날 지리산 계곡에서 수십 명 목숨 앗아간
무서운 폭우가 찬란한 햇살로 바뀌었으니

쨍쨍한 태양 아래 추모의 하루 보내고 나니
밤부터 빨랫줄 같은 비가 또 쏟아져 내렸습니다

점심시간 머리 허연 비서와
인사동으로 미소 지으며 걸으시던
훤칠한 키의 회장님

하늘나라에서도 낮에는 생전처럼
선한 미소 지으시고
밤에는 평안히 주무십시오

흙이불 덮은 자유인
−이영의(李英儀) 한국일보 국차장 영전에

편집국에 비보 날아든 날 밤
우리는 당신이 몸 바친 신문에
부음 몇 줄과 증명사진 넣으며
허망하다는 말만 되풀이했습니다

당신의 자랑, 기철이 장가가는 날
마지못해 넥타이를 맸다는 자유인
미국에 있는 몸 아픈 외동딸 보고 싶어
어떻게 떠날 채비하고 눈감으셨나요

서울대병원 영안실에서 우리는
명편집자의 신문사 31년을 생각하면서
소주잔 아래 뭉쳐 밤을 밝혔습니다
영정 속 베토벤 머리의 이 선배와
폭탄주를 새벽까지 주고받으며

그때 빈소에 기쁜 소식 들려왔지요

당신의 며느리가 아들을 낳았답니다
할아버지의 몸이 더 식기 전에
새 생명이 힘차게 대를 이었습니다

사우장으로 출발한 영겁의 발길
한국일보 건너에서 떨어질 줄 몰라
베란다에 나온 사우들 손 흔들자
땅이 꺼질세라 조용히 걷던
그 걸음걸이 장흥 땅 신세계묘원으로

흙이불 덮고 누운 우리의 이 선배
저기 봄 안개 핀 백운대 뒷머리와
도봉산 능선과 산자락 보이는지요

마음씨 닮은 날씨에 기막힌 풍경
두 달 전 병상에서 세례 받은 이 선배
고통 없는 구원의 나라에서 편히 쉬소서

해마다 이맘때 목련꽃 필 무렵이면
나는 먼저 가신 당신을 생각할 테요

지는 해

저기 인왕산 너머로 지는 해가
새벽 떠오르던 맵시 그대로입니다
속 비치는 보름달처럼 얼굴 너무 밝아
오늘은 노을도 만들지 못하고 있습니다

아침에 꽃밭으로 내려앉던 싱싱한 기운
아직도 남아 있는 동그란 하늘 눈동자
금빛으로 춤추며 세상을 비추고 있습니다

새벽인 듯 기운 청청한 저 지는 해
하늘 문에 달린 초인종이면 얼른 눌러
동구 밖까지 오신 어머니 만나
어릴 때처럼 응석 좀 부리고 싶습니다

계수나무라도 나올 듯 청아한 그 해를
서둘러 시(詩) 바구니에 담아놓고 보니
산머리에는 잿빛 하늘만 남았습니다

기러기 구 홍(具 鴻)

고교 동창 구 홍(具 鴻)은
우리 나라 큰 시인
구 상 선생의 장남
그 홍(鴻)이 추석 앞두고
기러기 되어 날아갔다

노총각 누워 있는 영안실로
막걸리값 담아가려는데
구 홍은 2일장 아침 일찍
안성으로 떠나버렸다

팔순 아버지 가슴에
대못 꽝꽝 박고 먼저
땅속에 누워버린 구 홍
그는 누가 뭐래도 불효자식

그러나 얼마나 아팠으면

얼마나 병이 깊었으면
노인 홀로 두고 날아갔을까

홍(鴻)은 서둘러 간 하늘에서
아버지 오실 길 닦고 있을까
우리는 몰라, 먼저 간 이의
속내를 정말 몰라

동창 수첩 안에서 아버지 빼닮은
고교생 홍(鴻)이 물끄러미 나를 본다
직업난에는 프리랜서라고 되어 있네

그 홍(鴻)이 이름처럼 날아갔다
인생의 프리랜서 기러기 되어

문상

터미널의 택시가 초상집 가르쳐주는
전라도 고창 상가 들러 문상한 뒤
서울 가는 우등고속버스에 몸 싣고
인생과 부모를 생각한다

발 빠른 버스 어둠 속에 분당 지날 때
거기 사는 친구 어머니 치매 노인 떠오르고
세 살로 돌아가 버린 시어머니 시중드는
젊은 며느리도 차창 밖으로 지나간다

강남 성모병원 돌아 종점에 내려보니
바로 그 병원에서 조금 전 눈감으셨다는
친구 어머니의 부음이 기다리고 있었다

양수리 지나 산 속의 무궁화 공원묘지
고층아파트보다 더 높은 산꼭대기 3.5평
운구 행렬이 숨차다, 인생길만큼 숨차다

가파른 외길 오르던 영구차 뒷걸음쳐
아찔해진 내 얼굴 상주에게 들켜버렸네

저 멀리 아스라이 떠다니는 산과 물과 길
북한강과 남한강이 몸 합치는 양수리 너머
땅과 하늘이 맞닿은 곳에 고창도 보이고
내 어머니 계신 마석 모란공원도 보인다

아가야 일어나라

그 후배의 네 살배기 아들이
사경 헤맨다는 슬픈 소식 듣고
나는 5년 전 영동세브란스병원
침대 위의 나를 보았다

큰 수술 받고 통나무 되어
40여 일간 천장만 보고 있을 때
그가 찾아와 살갗 하얗게 벗겨진
발바닥을 땀 흘려 주물러주었다

중환자실 앞에서 가슴 태우고 있을
그를 찾아 신촌세브란스로 가는 밤길
왜 그렇게 스산한지 독주 마시고 싶어라

하나님, 곰팡이 피듯 흉해진 이 죄인의
발바닥을 기쁜 마음으로 어루만지던
따뜻한 손길의 후배 아기를 살려주십시오

그래서 잘생기고 착한 그의 마음 기둥이
무너지지 않고 우뚝할 수 있게 하옵소서

아가야 일어나거라

내가 시장이라면

쓸어도 쓸어도 떨어지는 은행잎
눈처럼 쏟아지는 샛노란 은행잎
내가 만일 서울시장이라면
첫눈 내려 모두 덮어버릴 때까지
거리에 나뒹굴도록 그대로 두겠네

은행잎이 빠알간 단풍 손잡으면
짝궁의 알록달록 크레파스 빌려
그림 그리던 미술시간이 생각난다

은행나무가 젖 빨던 힘까지 다해
태양과 바람의 힘 빌려 그려놓은
은행잎은 바람에 찰랑이는 금관
경복궁에도 광화문에도 인사동에도
금잎이 떨어진다 금관이 옷 벗는다

은행나무에 환생한 노랑나비들이

떼 지어 날갯짓하며 두런두런거린다
지난여름 헤어진 뒤 세월 흐르니
이렇게 만난다고 웃으며 춤춘다

눈 안 좋으면 안경 쓰듯이

오늘 아침 대모산에서 날아와
출근길 시계탑 위에 사뿐히 앉아
인사하던 까치 나에게 뭐라고 했나
아무리 생각해도 알 수 없어라

그런데 까치야 이게 웬일이냐
저녁 무렵 두 귀에 이어폰 꽂으니
파가니니가 바이올린 선율로
네가 한 말 모조리 통역해 준다

새들이 모이 쪼는 소리도 들리고
가을바람에 떨리는 깃털과 함께
네가 앉았던 시계탑 분침도 보인다

오늘밤 검은 구름 걷힌 하늘에
한가위 누런 보름달 두둥실 떠서
비바람에 몸져누운 꽃나무 어루만지고

바닷바람 퍼다가 여름내 지친 가슴마다
시원한 길 내줄 거라는 말도 이제 알겠다

눈 안 좋으면 안경 써야 하듯이
너를 비롯한 자연의 말뜻 모르겠으면
앞으론 파가니니 통역사에게 물어봐야지

마지막 잎새

한밤 전동차 한강 지날 때
칠흑 하늘, 무심한 강물 사이
다리 위 가로등 꽃을 피우고
올림픽대로 붉은 차무리 불빛
은하수인양 하염없이 흐른다

강변도로에는 노란 민들레,
빨간 장밋빛 후미 등(燈)이 강바람에
피고 지면서 엇갈려 오간다

밤하늘 가득 무수히 빛나던
진짜 별들 본 적이 언제였나
총총총 쏟아질 듯 반짝반짝
신비롭게 손짓하던 빛줄기
잃어버려 캄캄한 지 몇 해인가

사람들의 아름답고 슬픈 사연

노을 안에서 해한테 모두 듣고
밤새 영롱한 빛으로 손뼉 쳐주고
유성 되어 긴 눈물 흘리던 보석
밤하늘의 소나타 들리지 않는다

학은커녕 여울조차 흔적 없는
'학여울' 역 지나 전동차에서 내려
땅 위 올라와 쳐다본 먹장 하늘
한 개의 별만이 멀리멀리 외롭다

캄캄한 하늘이 너무 삭막하다며
온몸으로 빛 보내는 마지막 잎새

별나라와 밤하늘 드리운 이 장막
한 번만이라도 말끔히 걷히려나
별 하나 나 하나, 별 둘 나 둘……

꿈속의 별자리

서울 밤하늘 저 멀리 별 하나
칠흑 속 깜빡깜빡 너무 외로워
'마지막 잎새'라는 시를 썼더니
그 별 내 마음 어떻게 알았는지
며칠 뒤 새벽녘 머리맡에 찾아와
그가 사는 장막 저쪽 별세계를
놀랍고도 선명하게 펼쳐보인다

이런저런 생각에 겨우 잠든
1999년 8월 21일 새벽 펼쳐진
그토록 휘황찬란한 별자리 꿈을
죽기 전에 또 한번 꿀 수 있을까

꿈속에서 올려다본 밤하늘은
크고 작은 은빛 별들의 축제
북두칠성도 이름 모를 별자리들도
새벽 눈같이 빤짝빤짝 순결한 빛을

보란 듯이 보내주고 있었다

빛줄기로 손잡은 가운데 별자리는
기하학적 노오란 금빛으로 빛나고
한켠에선 어린 별들이 은하수 되어
어디론가 무리 지어 흘러가고 있었다

가슴 퍽퍽한 날

가슴이 모래알같이 퍽퍽한 날
나는 안국역에서 전철을 탄다
무악재 질러 불광동 지나
아무 곳에나 내려 걷는다
배고프면 둘레둘레 찾아
한식도 좋고 자장면도 좋다

마음이 안개비로 잔뜩 흐려져
고장 난 수도꼭지같이 메말라지면
나는 안국역에서 전철을 탄다
흔들리는 전동차에 몸을 맡기고
건너편 차창 속 나를 보면서

경복궁 소풍 갔던 꼬마들이
떼 지어 올라타 까르르 웃는다
바닥에도 앉아 가위 바위 보
꼬마들 속에 오십 년 전 내가 있네

보리밥 냉수 말아먹고 놀던 그 아이

오늘도 구파발행 전동차 좌석에
온갖 스트레스 잔뜩 내려놓고
시치미 딱 떼고 볼일이라도 있는 듯
어슬렁어슬렁 바깥 세상으로 나온다

달배

10월 27일 밤 11시 양재천을 걷다 보니
아파트 머리 위로 둥실 기우뚱 누런 달
지구 밖에 떠 있는 커다란 배 모양이었다

그런데 나는 그 순간 왜 느닷없이
다대포항의 만경봉호를 떠올렸을까
남한 땅에 낯가림하는 북의 젊은이들을
아침이면 풀어놓았다가 밤이면 거두던 그 배
그래서 지금은 다대포항의 갈매기 떼만이
그들의 안부를 알 수 있는 가버린 배

하늘 바다에 떠서 구름 파도를 헤치며 오는
배 닮은 달을 나는 '달배' 라고 이름 지었다
만경봉호가 인공기를 코와 배에 둘렀듯이
달배는 계수나무와 토끼를 마스코트 삼아
한 달이면 이삼 일 지구 밖에서 저렇게 출렁인다

달배는 어젯밤에도 이 땅의 불 켜진 창으로
달나라 사람들 보내 꿈 같은 상봉을 주선한 뒤
새벽 되어 구름 파도 넘어 하늘 바다 속으로 졌다

양재천 위에 떠 있는 달배는 부산 다대포항도
만경봉호도 한 번에 볼 수 있는 하현 월주(下弦 月舟)

계미년 끝날 오후 4시

나는 아직 할 일이 많이 남아 있는데도
사람들은 새 달력을 걸고 제야의 종 칠 준비를 한다
학생 때 답안지 다 못 썼는데 종료 벨 울리듯이
2003 계미년 끝날이 이렇게 저물어간다

해지기 전에 나는 만나고 싶은 사람 여럿이고
가고 싶은 곳도 한두 곳이 아닌데도
사람들은 손 털고 앉아 갑신년 아침을 기다리네
나도 주섬주섬 일어나 달력을 한 장씩 뜯어내니
3월의 그날도, 9월의 그 밤도 낙엽 되어 사라져간다

인생의 종착역도 내 의지와 상관없이 오늘같이
이렇게 밀려올 텐데…… 그날은 오늘 같으면 안 된다
미리 만나볼 사람 모두 미리 손잡아보고
가보고 싶은 곳 두루 다녀야 후회 없을 텐데

2003년 끝날 휴대폰과 이메일로 인사하다 보니
내 눈가 모래톱에 강물이 촉, 촉, 촉 스며든다

설희관의 시세계

이성부 | 시인

시를 가리켜 '사무사(思無邪)' 라고 했다. 생각에 세상의 때가 묻지 않아야 한다는 말일 터이다. "시는 동심의 세계를 추구한다"는 말도 같은 뜻이라고 할 수 있다. 허위와 기만이 가득 넘쳐 진실을 가리는 세상에서, 좋은 시가 빛을 내는 까닭도, 그 같은 시의 본질을 사람들이 여전히 믿고 있기 때문이다.

설희관 씨의 적지 않은 작품들을 읽으면서, 시의 본질이나 원초적 동기를 새삼 떠올리게 된 것은 결코 우연한 일이 아니었다. 오랜 세월 동안 우리가 조금씩 잃어가고 있었던 시의 덕목이나 본디 모습을 다시 제자리에 돌려 놓은 것이 바로 이것 아닌가 하는 기쁨을 감출 수가 없었다. 오늘날의 소위 시단(詩壇) 풍토에서는 설 씨와 같은

작품들을 전통 회귀의 것으로 매도해 버리기 쉽다. 새로
움만을 신봉하는 사람들이, 번쩍이는 아이디어나 신기한
표현 기법이나, 기괴한 사설과 진정성의 부정으로 독자
를 미혹시키는 경우가 많기 때문이다.

그러나 설 씨는 새롭다거나 현대적이라거나 시적 기교
따위에는 처음부터 관심이 없다. 오직 시의 본질에 충실
하고 자기 감성에 철저하게 반응하려는 천진무구함만이
읽는 이들의 가슴을 조용하게 울릴 뿐이다.

사촌 누이네 앨범 속에서
63년 긴 세월 묻혀 지내던
부모님 결혼 기념사진 한 장
아침저녁 나를 물끄러미 본다
환갑 위아래 두 형과 할머니 된 누이
어떻게 사느냐고 묻기라도 하듯
　－〈63년 전 사진〉 부분

설희관 씨의 시들은 그의 비극적인 가족사와 그것에
연루된 개인사, 그리고 그것들을 만들어낸 우리 나라 현
대사의 아픔과 관련된 것들이 많다. 동족상잔의 6. 25전
쟁이 발발하던 시기에 그는 갓난아기였다. 그는 아버지

의 얼굴을 모른 채 유·소년기를 보내고 청·장년기를 맞이한다. 아버지는 항상 젊은 어머니와 함께 있었던 굵은 테 안경의 사진 속의 젊은 남자일 뿐이었다. 현실 생활의 어려움과 고단함 속에서 남편 없이 살아오던 어머니도 20년 전 세상을 떠나버렸다. 이제 그에게는 '사촌 누이네 앨범 속'에 있는 부모님 결혼 기념사진 한 장만이 오직 아버지와 어머니의 실체가 되었다. 왜 나는 아버지의 살아 있는 모습을 한 번도 보지 못하고 자랐을까. 그 '만나지 못함'의 이유와 과정과 결과를 그는 성장하면서 인식하고 체념하고 회한으로 간직한다. 그것들은 누구에게도 쉽게 말하거나 고백하거나 할 수 없는 아픔으로 자리 잡았을 것이다.

오늘 아침 오른쪽 창 넘어와
자리 펴고 앉아 함께 놀자던
걸음 빨라진 가을 햇살무리
지금은 인왕산 허리에서 노을 되어
광화문 내려다보며 산을 오른다
ㅡ〈햇살무리〉 부분

자연과 일상에 대한 관조를 통해서도 그는 외로웠던

어린 시절의 이미지를 오늘에 오버랩시키는 놀라운 시적 감수성을 보여준다. '아침이면 놀러오는 햇살무리'가 어린 시절 '장독대 앞마당에서 나하고 놀던/바로 그 친구들' 이라는 표현의 아름다움을 보라. 한 사람 시인의 몫을 넉넉하게 해낼 수 있는 시인이라고 생각한다.

　　*설희관 씨가 한 번도 만나지 못했던 그의 아버지는 곧 1950년 6. 25전쟁 중에 월북한 시인 설정식이다. 널리 알려지다시피 설정식은 연희전문, 미국 오하이오주 마운트 유니온대학과 컬럼비아대학에서 영문학을 전공했으며, 해방 후 시집 「종(鐘)」, 「포도」, 「제신(諸神)의 분노」 등을 발간함으로써 시단의 중추적인 시인의 한 사람으로 떠올랐었다. 설희관 씨는 그의 셋째 아들로 홀어머니 아래에서 성장하고 신산(辛酸)을 거쳐, 오랫동안 한국일보사 기자, 사회2부장, 문화부장, 총무국장을 거쳐 현재 한국일보 50년사 편찬준비위원장으로 일하고 있다. 아버지에 대한 그리움과 영향 때문인지, 그동안 틈틈이 시작(詩作)을 해오다가 이번에 처음으로 시집을 내기에 이르렀다. 나이 들어 작품 활동을 시작한 그에게 부디 승어부(勝於父)의 빛남이 있기를 기대한다.